Roberto Bolívar
Domínguez Hernández

Las añoranzas de
Cucurú

Las añoranzas de Cucurú
Roberto Bolívar Domínguez Hernández
ISBN: 9798334159754
Año 2024

Edición: Aidé Montilla
Revisión: Laura Burgos
Diagramación: Tonny Omar Molina

Impreso en República Dominicana

COTOY
FONDO EDITORIAL

Índice

Al amor
Tu Eres 11
Quisiera - 1999 12
Siete Veces y Otras Más Hasta 14
El Infinito - 1995 14
¿Calma? - 1996 15
Verdad - 2000 18
Tesoro 19
Ladrón 20
Canto De Dicha - 1997 23
Mujer Cautivadora - 1996 25
Amor en la tarde 26
El colibrí y el campesino 27
Soldado - 1997 29
La Espera Valió La Pena - 2000 30

Dedicado
Mamá - 19 de marzo, 1981 34
A mi abuelo querido 35
Al doctor José Antonio Aquino Vargas 36
in Memoriam 36
A todos los nietos del mundo - 37
7 de enero 1999 37
Al amigo que se ausenta 39
A mi amiga Mélida García 40
Mi amada hija 42

Patriótico
El grito de Cousteau - 46

Junio 1997	46
Noche Gloriosa	47
CONATO – 3/11/1998	48
Patria, patria mía	51
Basurero -Premio Ecológico	52
El mar, el sol y yo	55
Perdón señor, perdón	56
El agua	58
La sembradora	60
Canto de lluvia	61
Sediento – Cotuí 1996	62
Trueno, solo eso.	64
Papel	67
No existe un día más hermoso que el día de hoy	70
Biografía	75
Reconocimientos:	77

En el mundo, es mucho lo que se propaga que se debe leer.
Entonces yo me pregunto: ¿qué vamos a leer si nada se ha escrito?

Roberto Bolívar Domínguez Hernández

PREFACIO

Solo Dios sabe cuántas y tantas personas permanecen en la oscuridad y anonimato: sonetistas, literatos, poetas, ensayistas; cuantos han dejado olvidada su creatividad en algún cajón, cuaderno y hoja suelta porque cuanto encontraba a mano le servía para plasmar para la posteridad oda la inspiración que la musa le daba como aliciente para superación de su intelecto. Pero nunca tuvieron la suerte de unas albaceas que escuchara y que le permitiera publicar sus inquietudes.

Roberto Bolívar Domínguez Hernández

Al amor

Tu Eres

Correcta y obediente
fina y respetada
lo comenta mucha gente
de esa mujer adorada.

Hasta el fin del mundo
contigo estaré
con amor profundo
por ti moriré.

Ya quisiera yo estar
cerca de ti por siempre
así poder disfrutar
lo que bien dice la gente.

De mí yo te daré
donde hay cariño, salud y entrega
lo que espero hagas también
con este gran amor que nos llega.

Eres tú mi esperanza
a ti con amor me entrego
tú eres mi confianza
y con felicidad el mundo dejo.

Quisiera - 1999

Quisiera poder describir
con acierto y sencillez
todo lo que en ti veo,
¡oh, preciosa mujer!

Quisiera decirle al mundo
casi toda la verdad,
sobre lo que mis ojos,
puros y sin maldad,
logran de lejos captar.

Quisiera lucir como un elegante poeta
y con palabras rítmicas explicar
cómo ondean tus cabellos
y tus finas caderas al caminar.

Quisiera que me vieras princesa
como aquella primera vez,
cuando de reojo te volteaste,
y me miraste
con un dejo de altivez.

Quisiera ser la ligera huella
de tu felino caminar,
besar cada pisada
y para arriba no otear.

Quisiera que te fijaras en mí
para prodigarte canciones,
darte el mundo si lo quieres
y así calmar mis emociones.

Quisiera regalarte el cielo
sí con una sonrisa me acaricias,
para paliar mis anhelos
y gritarle al mundo mi primicia.

Quisiera por fin probar
el néctar de tus labios rojos,
y proclamarle al universo
que no tengo cómo pagar mi antojo.

Siete Veces y Otras Más Hasta El Infinito - 1995

¡Cuán ingenua es!
¡Qué inocente suspiro!
¿Qué enigma esconde?
Mientras más la miro, interpelada,
menos me habla y menos responde.

Siete veces la he visto nacer,
tantas otras la vi morir,
pero como el ave fénix,
otra vez la vi surgir.

¡Qué hermosa y deslumbrante!
¡Qué orgullosa y cautivante!
¡Qué serenidad en su mirar!
No lo dudes, amiga mía,
me he vuelto a enamorar.

Es aquella hermosa flor
que feliz e ingenua me extraña,
me mira con amor y de muy cerca,
y su bello cáliz me enseña.

Mariposa de mis amores,
que cada mañana disfruto,
en la tarde te despido,
esperando algún día ver tus frutos.

¿Calma? - 1996

Bailaba la marea
con cierta dejadez
un ritmo sin cadencia
porque el aire se le fue.

Así te vi esa noche
displicente en la cama,
voy dispuesto al derroche
y te encuentro en calma.

No es sonora la marea
que invita a soñar despierto
a dormir con una idea
encuentro tu hogar desierto.

Si alguna vez fuiste mía
en el camino te cansaste
dejando tremendo vacío
donde debió existir contraste.

Mamá Fefa

Estaba sola y me preguntaba
si yo a alguien le importaba
Esta meditación me ha ayudado
mucho a caminar por estas sendas
y cuando estaba a solas con mi vida
independiente, la que yo misma me
impuse, Mamá, en mi corazón, por
siempre yo seré tu bebé, porque
también siempre te necesitaré.-

Porque yo sé que el corazón de una
Madre nunca se rinde a la adver-
sidad y necesidad más dura.
Gracias, Madre mía, por ayudarme
a ser valiente y a crecer.
Si tuviera que elegir entre todas
las Madres, te elegiría a tí.
Porque yo sé que deseas lo mejor
para mí y perdonas mis errores.
Me amas sin poner condición
Tu me aceptas como soy y mi
gratitud se desparrama en tí.-
Gracias infinitas.

New York.-

Escrito puño y letra de Roberto Bolívar Domínguez Hernández

En la imagen superior
Roberto Bolívar Domínguez Hernández y Josefa María Díaz de Domínguez
el día de su boda (el 27 de diciembre 1956).
En la imagen posterior la pareja celebrando los
50 años de su matrimonio.

Verdad – 2000

Después de mucho cavilar,
entonces un día pude deducir
cuánto te estaba queriendo,
y ahora tú mirar no me responde.

Es cuando pude comprender
el porqué de tu frialdad.
Yo he tenido la culpa
por no externar la verdad.

Se dice que verdad completa no existe,
que siempre queda la duda,
porque puede ser verdad o mentira
dicha con mucha soltura.

Y es difícil comprender
sí es mentira o verdad,
para en esta vida ser
artífice de una iniquidad.

Por eso deseo que comprendas,
me perdones y olvides,
que, si alguna vez te mentí,
fue solo para que no te alejaras de mí.

Tesoro

Quise saber qué tesoro ocultas,
 en el fuerte de tu sagrada vida,
porque te veo mucho trajinar,
guardando, sabrá Dios, qué partida.

Quisiera que algún día te expresaras,
que me dejaras ver tu tesoro escondido,
creo que allí guardas algo íntimo,
como un poema, tu diario o una flor,
o son perennes recuerdos de alguna
aventura de amor.

No me imagino lo que piensas de mí
por indagar en tus cosas.
Espero que me perdones
si alguna vez te robé un pétalo
de tu tesoro mi bella rosa.

Pero es que no me pude contener
al conjuro del color y aroma que emana de ella,
creí en ese instante que eras tú
por ser la estrella más bella.

Espero después poder compensarte
devolviendo su oloroso pétalo,
entonces yo volveré a ser feliz
sabiendo que hice lo correcto.

Ladrón

Ladrón de corazones me tildan,
al tratar de conquistar tu cariño,
creyéndome ser el dueño único
de tu regia piel de armiño.

He tratado de acercarme a ti,
no supe sopesar la experiencia,
de que los tuyos entorpecerían
mi intento de proeza.

Entonces, después de mucho cavilar,
entendí que no valía la pena,
que a ti de inmediato habría que dejar,
que se perdiera de una vibra buena.

Y abandoné aquella causa,
mi pertinaz enamoramiento,
de aquella mujer con piel de armiño,
algo que fue para mí un álgido intento.

Pero nace en mí el coraje,
de volver a conquistar el aprecio,
de aquella mujer que es amor, pasión y tormento,
de la mujer con la más bella piel.

Y te hice comprender,
y entonces respondes que soy yo
quien te conviene,

aunque todo el mundo se oponga,
soy yo el ser que más te quiere.

Por eso hoy día me regocijo,
de haber tomado esta decisión,
porque juntos, tú y yo, felices,
hemos concebido cinco hijos

Muchas gracias te doy por ser tan comprensiva,
has llenado completamente,
los más caros deseos de mi vida.

Roberto Bolívar Domínguez Hernández y Josefa María Díaz de Domínguez

Canto De Dicha - 1997

Grité álgida: ¡mi corazón es tuyo!
¡Mi vida te pertenece!
Cántame con buen arrullo,
que tu dulce canto me enternece.

Sé por siempre mía,
como yo lo soy de ti,
entregándote todo un día,
dándome más dicha y amor a mí.

Que nos envidien todos,
que celebren con canción,
que escriban muchos versos
alabando nuestra unión.

Amada y bien mío, ven portento,
vamos a celebrar, sin maldad,
a gozar este momento
de dicha y felicidad.

Entregándonos por entero
a esta dicha y placer,
quisiera morir nunca,
aunque volviera a nacer.

Demos gracias al eterno Dios
por unirnos por siempre,
y morir así juntitos,
pero que se entere mucha gente.

De izquierda a derecha: Josefa María Díaz de Domínguez, Roberto Bolívar Domínguez Hernández y Matilde Collado

Mujer Cautivadora - 1996

Que puedan existir, yo dudo
dos mujeres con tan bello tesoro,
que su cabellera al gran sol pudo
arrancar destellos puros de oro.

Su boca, ¡qué boca!, rígida y tenue,
sus ojos, ¡qué ojos!, como esmeraldas verdes,
su cintura, ¡qué cintura! delicada tiene,
sus caderas finas y breves.

Mujer majestuosa y altiva,
de caminar firme y cimbreante,
de mirada intensa que cautiva
a cualquier mortal al instante.

Mirarte directamente a los ojos
y verlos fulgurar retadora,
provoca que incline reverente
mis rodillas, mi frente y mis ojos ante usted, señora.

Ha sido un regalo del cielo
poder yo mirarla de frente.
Ha colmado usted mis anhelos
como quisieran observarle a usted mucha gente.

Amor en la tarde

Cantando sobre una rama seca,
aquel pajarillo se sacudía
mientras sus plumas se abrían
para que el aire su cuerpo penetrara.

Buen rato llevaba solo en la rama,
sin saber, ni percatarse
de que una pajarita lo observaba.

Inquieta ella estaba por la parsimonia del pajarito,
que continuaba muy tranquilito
hurgando no sé qué con su piquito.

Ella se desesperó y, sin pensarlo dos veces,
raudo cruzó donde el pajarito estaba
y en la misma rama se posó,
sin percatarse de que le asustaba.

No fue pequeño el susto que el pajarito se llevó,
pues absorto como estaba,
brincó y raudo sus alas desplegó.

Después de un buen rato y sobrevolando su asiento,
fue que se enteró de lo que estaba ocurriendo.

Al lado de la pajarita se posó,
inquiriendo meloso por qué le asustó.

Ella, coqueta, le correspondió,
abriendo sus alitas hacia atrás,
invitando al pajarito a que reinara la paz.

Uniendo sus cabecitas,
juntando sus piquitos,
no sé cómo terminó este cuento
porque de ahi yo ya me había ido.

El colibrí y el campesino

Le dice el hombre del campo al colibrí:
– Colibrí, te veo cansado y en esa rama posado,
buscando entre tus alas, no sé qué cosa. Dime,
poi favoi ai oído, tu secreto ma íntimo,
¿acaso tu ta loco, o e que no ha comido?

El colibrí, cuestionando, contestó:
– Ya decirte quisiera por qué tan agitado me
siento. A mi amada he buscado entre árboles,
matojos y el viento. Por eso me ves cansado,
tan nervioso de aquí para allá,
de cada flor saco néctar
por si se le ocurre regresar.

El día en que partió en busca de su alimento,
creo que un artero cazador la mató,
dejándome solo y sin aliento.
¿Ves por qué estoy tan agitado?

Aquel campesino volvió sus pasos atrás,
para que el pajarito no viera el nudo en su
garganta y las dos lágrimas que,
como perlas, rodaban por su cara.

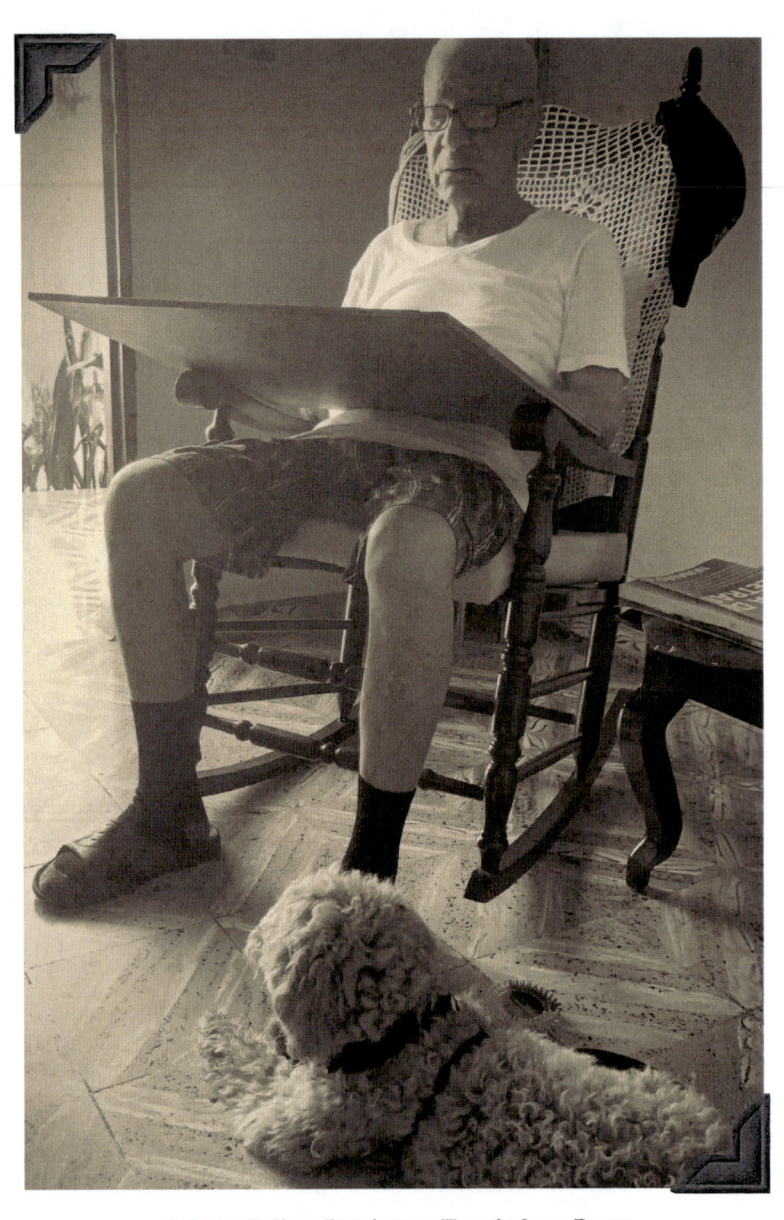

Roberto Bolívar Domínguez Hernández y Rocco

Soldado - 1997

Una triste carta recibió
la bella novia de un militar,
que orondo se fue a la guerra
y como él quería,
ya no pudo regresar.

Así decía esta carta:
Amor de mis amores,
espero, linda mujer,
que, al leer esta carta,
allá todos se encuentren bien.

De mí te diré, he venido a esta guerra
a demostrar mi valía,
a defender mis derechos y a esta patria mía.

Pero, qué chasco me llevé,
lo mismo que yo pensaba,
el soldado enemigo también
defendía a su bella patria,
como yo, sus derechos,
su deseo de vivir en santa paz,
a sus hijos, sus padres y
vecinos y a sus predios, el cuidaba.

Adiós, amor mío, cuídate,
muchos besos y adiós,
ya será en otros mundos
cuando te llene de amor.

La Espera Valió La Pena - 2000

Valió la pena esperar
a que brotara ese fuego
que estallara como un arsenal
todo ese calor que llevas dentro.

Te llevó mucho tiempo explotar,
a que se formara como tu cráter,
valió la pena esperar entonces
a que aflorara tu álgido carácter.

Y como yo plena alguna vez tenía,
de que estallaras toda entera,
vi que tu cadera estremecida bullía,
por lo que esperar valió la pena.

Al verte trémula, excitada, temblando,
tu dorso, tu cabeza, las piernas,
sabía que te entregarías toda entera
con tu amor y la caricia más tierna.

Valió la pena esperar y ver
cómo salía a borbotones y contento,
la ardiente lava que llevas dentro
y que fuera retenida tanto tiempo.

Valió la pena esperar entonces,
para saborear tus caricias y devaneos,
y como la fuerza arrolladora del mar,

ver surgir tus más álgidos deseos.
Y si he de contemplar todo lo que veo aquí,
ese íntimo deseo morboso que sale con frenesí,
yo pagaré gustoso y feliz
el haberme hecho esperar tanto tiempo sin ti.

Dedicado

Mamá – 19 de marzo, 1981

En el transcurso de mi vida,
al escuchar la palabra "mamá",
mi interior se enternece,
mi espíritu, en vez de rebosar de felicidad,
de lo más profundo de mi alma siento una lágrima brotar.

Una lágrima tierna y ardiente
que quema mis pupilas y pestañas.
Al contemplarla en el espejo, escuché
como si me dijeran palabras extrañas.

Palabras dulces y tiernas, en contraste,
como las que me decía entonces mamá.
Palabras que me tranquilizaban
como no las he escuchado jamás.

Te confieso, nunca dejé de amarte,
madre querida, tanto te he amado y añorado
que aún en mi anonadado corazón
otro amor parecido no ha anidado.

A veces, mamá, tengo deseos de morir
para estar contigo, para que me beses,
me cantes y hables
como cuando yo era un niño.

A mi abuelo querido

Abuelo, ¡quédate! No te me mueras.
¡Óyeme! Quédate aquí, no te me vayas de esta tierra.
Abuelo, recuerda que, en esta inútil vida, tú eres mi consuelo.

Abuelo, detente, detente por mí, para que después no te añore, pues me resulta paradójico recordar cuando tú, con letras, canciones y cuentos, hacías un mundo mágico.

Abuelo, querido abuelo, tú eres la mejor razón de vivir en esta vida,
pues nuestra mágica unión ni con el tiempo será vencida.

Abuelo, yo te quiero vivo, porque sé que tú me quieres también
y nuestra unión no será vencida jamás.
Jamás será vencida y permanecerá viva mientras tú tengas vida.

Al doctor José Antonio Aquino Vargas in Memoriam

Pude palpar en tu ancha frente,
el gélido frío de la muerte,
muerte que se veía llegar,
pues se había apoderado de tu suerte.

Entre las personas honradas que conozco,
tú eras abanderado,
pues no te apoderaste de lo ajeno,
al contrario,
ayudaste con mayor empeño a resolver lo extraño.

Pasarán muchos años y te recordarán
tus familiares, amigos y extraños,
porque te presentaste como escudo,
la justicia, a pesar de los años.

Dejaste un precedente, un buen y sano criterio,
aquellas palabras que expresaste: "este es un caso serio".
Lo sé y lo confirmé, a tus hijos hiciste profesionales,
nunca pasaron hambre porque para ellos y doña Joaquina trabajaste.

Descansa en paz, buen amigo,
dechado de honradez y sabiduría,
así algún día este pueblo te ha de reconocer.

Tu amigo.

A todos los nietos del mundo – 7 de enero 1999

Quieres correr y aún no haces pininos,
ahora quieres volar
y con ayuda del vecino,
te agarras del barandal.

Pobre infante travieso,
¡ay si conocieras la vida!
No intentarías tan pronto
ganarte la partida.

Así viejo como me ves, calvo,
sin dientes y arrugado,
yo también alcé el vuelo
y aún no he aterrizado.

Te preguntarás el porqué,
por qué no esperé mi tiempo
para estar maduro y consciente,
por qué me lancé a este mundo
sin importarme las demás gentes.

Hoy presto te digo,
ya cansado de andar,
que es preferible estar maduro,
y no tropezar después con un valladar
que te impida llegar a puerto seguro.

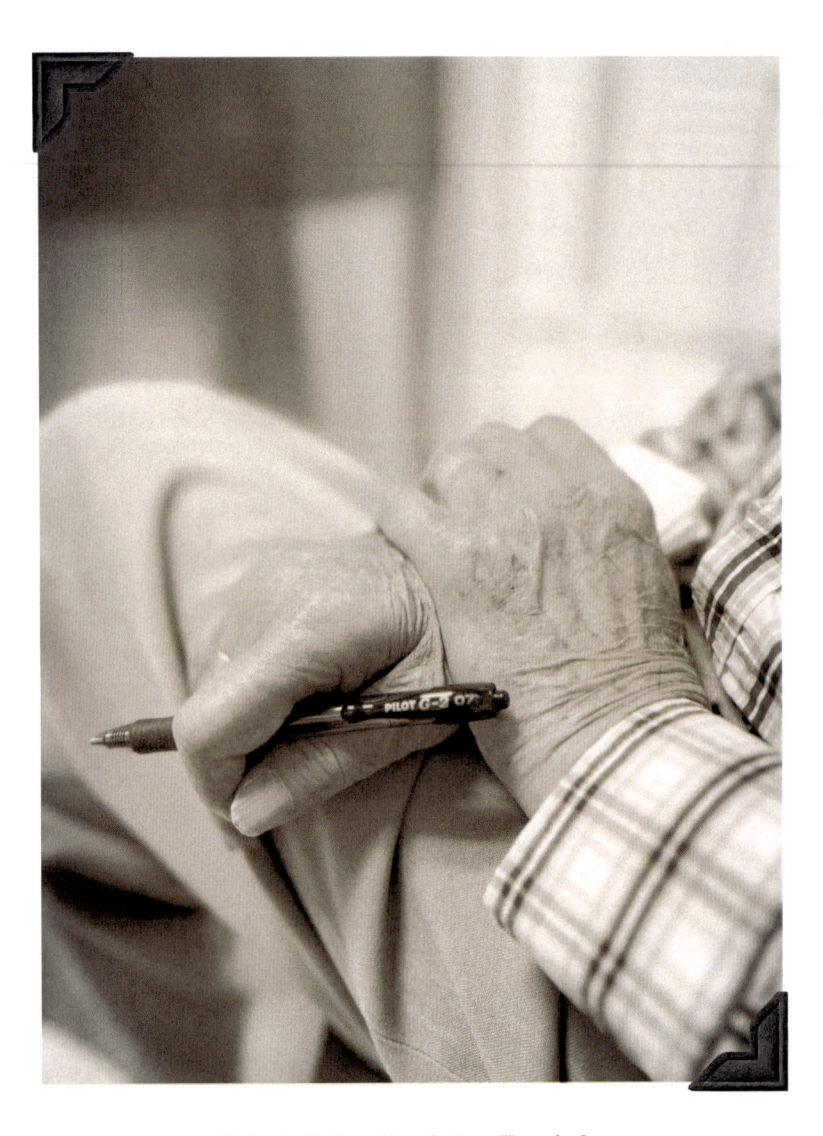

Roberto Bolívar Domínguez Hernández

Al amigo que se ausenta

No es fácil despedir a un amigo,
porque de asueto se va.
Esto no duele tanto
como cuando ya se muera.

Al que va a viajar le decimos:
adiós, que te vaya bien,
que disfrutes tu estadía
y que pronto con nosotros estés.

Los hermanos odefelos se quieren
en las buenas y en las malas,
son hermanos de verdad
porque en todo momento se apoyan.

Adiós, hermano mío,
recréate con tu familia y tus queridos hijos.
Con el buen Dios
que no te abandona y jamás te humilla.

La amistad que demuestras
en nuestra organización
es como la menta que regalas entre nosotros en
toda ocasión.

Gracias, Marino Durán.

A mi amiga Mélida García

Has fallecido, Mélida García,
por fin verás el rostro de aquel que clamabas un día,
"el innombrable" porque él de ti jugando se escondía.

Solo lo presentías entonces,
no te atrevías a pronunciar su nombre,
porque una verdad no sabías,
si era un demonio o un buen y gentil hombre.

El enigma se acrecentó
al pasar el inexorable tiempo.
Tú has dejado a tu paso
huellas imborrables que
nos calaron muy adentro.

Tus escritos son imperecederos,
el mundo te ha ganado y han de reconocerte un día,
y espero que sea pronto,
para recordarte siempre, amiga Mélida García.

Los que han de venir
después de nuestros tiempos
siempre te recordarán,
aunque hoy lo sentimos porque tú te has muerto.

Tres verdades insoslayables
son paradigmas del ser vivo:

una es el tiempo que no deja de discurrir,
otra el haber nacido y la otra es la inexorable muerte.
Pero ya, amiga, estás ante "el innombrable",
aquel que venció a la muerte y se hizo presente nuevamente,
el gran Jesús de Nazaret.

Aquel que, al ver tu forma de ser,
se hizo tu perenne amigo,
nunca te abandonó,
él no quería que lo vieras hasta hoy,
para que no le agradecieras.

Así es Jesús, bueno y condescendiente,
como fuiste desinteresada ante la gran familia,
no escatimaste esfuerzo para mantenerla unida.

Y esto, Dios, nuestro Padre Celestial,
lo ve, lo pondera y da a cada uno de nosotros
a cada uno de sus hijos,
para que nos cuide y salve de las tentaciones,
como lo hizo Jesús.

Mi amada hija

Anoche, lo inesperado, lo sin razón,
escuché la angustiada voz de mi hija,
leyéndome sus raras inspiraciones
que de su mente y corazón emergían.

Sus salobres lágrimas, sus tiernas alegrías,
sus caras esperanzas, íntimas pasiones,
sus angustias, sus penosas frustraciones,
sus múltiples perdones al ser amado.

Tanto derroche de cariño en un alma
que es todo amor y dignidad,
hoy se siente triste y tan frustrada
que ya no sabe qué más dar.

La verdad, me dejaste desarmado
con tantas verdades y añoranzas.
Yo creí conocer tu sensibilidad,
pero en ti no aflora la venganza.

Siempre te vi sana y candorosa,
risueña ante la adversidad.
Me has enseñado que se puede ser humano,
condescendiente y sin maldad, sin mirar atrás.

Y me sigues sorprendiendo
al ponderar las virtudes de tus hermanos,
también de tus progenitores y tu abuela materna
a la que respetas, amas y añoras.

Le hablaste al padre que te mima,
a tu madre que es tu vida,
al Dios todopoderoso y bueno al que amas con
íntimo gozo.

Patriótico

El grito de Cousteau – Junio 1997

Así se expresaba Cousteau:
¡No destruyamos inconscientemente
al inmenso y necesario mar!
¡Estamos llenando de basura
un patrimonio heredado de Dios!

Y continúa:
¡Nuestros mares son una rica fuente,
alimento, es nuestra riqueza,
es el mejor regalo que nos brinda
la madre naturaleza!

Los océanos del mundo convertidos
en basurero, con el más grande coraje,
¡paremos ese flagelo!

Y por último les diré:
¡El hambre puede ser vencida!
¡Nuestro futuro está en el mar!
Entonces, ¿por qué lo están destruyendo?
Usted, amigo lector,
¿dígame qué es lo que va a pasar?

Noche Gloriosa

Jamás hubo la malsana intención
de suprimir la vida de un cristiano.

La divisa era desatar el yugo opresor,
rescatar las libertades conculcadas,
devolver al pueblo su deseo de vivir
en paz y con mucho amor.

Dignidad y valentía se unieron
para hacer una divisa, un país,
pues la patria no necesitaba un líder
sino un conjunto de hombres tras un fin.

Esa cautivante noche fue precisa
para que el trabuco tronara triunfal.
La empresa fue iniciada de manera concisa.
Todos a una, con viva voz, gritaban: libertad,
libertad, libertad.

La insignia tricolor fue izada,
con orgullo patrio, gozo y algarabía,
y todos a la vez cantaron
un himno de amor y alegría.

Dedicaron la naciente nación,
la alegría, el amor y la paz a todos sus hermanos,
a Dios, la patria y la libertad.

CONATO - 3/11/1998

Un día cualquiera sonó esta arenga:
¡A las armas, patriotas!
Prestos, las armas tomad,
ha sonado el glorioso clarín,
¡el clarín preciado de la libertad!

Que suenen las trompetas,
que repiqueteen los tambores,
izad las gloriosas banderas,
ondead los pabellones.

¡A la guerra se ha llamado!
A combatir al enemigo.
Te digo, ¿de qué enemigo me hablas?
¡Insensatos!
Si todos somos hermanos, esposos, novios, padres
e hijos.

¿Llevaremos a nuestro pueblo a una cruel
desolación?
Sin pensarlo dos veces,
¿destruiremos los hogares, la justicia y la más
cara ilusión?

Entonces yo escucho,
otros gritos se oyen.
¿No hay quien los detenga, compadre?
Si son los gritos angustiados de los ancianos,
de los hijos e hijas de las queridas madres.

Por Dios, paren ese insano flagelo,
prestos vamos a trabajar la tierra.
Oigan los clarines del cielo,
que se detenga esta maldita guerra.

Con sus pechos allí como estandarte
se fueron contra la guerra.
Todos se hicieron presentes,
detuvieron a los beligerantes e impusieron
la paz inmediatamente.

Roberto Bolívar Domínguez Hernández

Patria, patria mía

Lucharé con ardor,
con valor espartano,
en contra de quien
te mancilla ufano,
con el machete en la mano.

No sé si arriesgo mi identidad,
no sé si es una apostasía,
cómo defiendo a cabalidad
a esta mi adorada patria.

Al considerarme un patriota
porque amo ardientemente mi país,
soy vocero de los patricios Duarte, Sánchez y
Mella,
que se inmolaron para hacerme feliz.

Sufro por todo a lo que hemos sido sometidos,
cuando pauperizan la población,
sin orden ni concierto la han querido tiranizar,
sin importar que todo el mundo haya muerto.

Por eso hoy dispuesto estoy,
y me dispongo a salvar mi patria, mi país,
consciente de que estos parias sin arte,
sin cultura, vuelvan a su país, a su patria,
antes de que nos conviertan en basura o que se
repita
la historia de octubre de 1937.

Basurero -Premio

Una rara joya me encontré
en el centro de un basurero.
Este me regaló feliz una cálida mirada,
a la que creí llegaba del magnánimo cielo.

Claro, no fue una blanca y sutil perla,
ni un rojo y gran rubí,
fueron unas bellas hojas escritas
como si fueran un regalo del cielo para mí.

En ellas, muy dilectas,
me invitaban a participar en un famoso festival
en el que yo expondría mis facultades
y espontaneidad como regalado manjar.

Hoy recuerdo eufórico aquel manjar,
participé y gané el primer lugar,
derrochando con mi voz mi vida
en este afamado festival.

Doy gracias al basurero
por aquel fortuito encuentro,
gané fama y buen parecer
para el burgo, para mí y mis ancestros.

Ecológico

Roberto Bolívar Domínguez Hernández

El mar, el sol y yo

Distraído como me encontraba,
oteando el lejano horizonte,
nunca en mi vida había visualizado
la exuberancia de aquel monte.

¿Qué cordillera es esta? ¡Qué monte!
Sus árboles y su colorido me llaman,
cuando el brillante sol rutila entonces,
simulando como una caliente flama.

Volví a aquel lugar al otro día,
quise otear de nuevo el horizonte,
nunca fue más oscuro el monte,
sin el magnánimo sol del mediodía.

Me quedé esperando hasta la tarde,
para ver cuando se oculta el sol,
observar cómo se arropa con las aguas del mar,
diciéndome seriamente adiós.

Perdón señor, perdón

¡Dios mío! Padre nuestro,
perdónanos la torpeza.
Nosotros, los hombres,
estamos matando a la madre naturaleza.

Hurgamos sus entrañas,
de ellas petróleo sacamos,
conscientes lo utilizamos,
pero inconscientes lo quemamos.

Al éter se levanta ufano,
al quemar el humo produce,
haciendo un hoyo inconmensurable
en la pobre capa de ozono.

Los emolumentos que reporta
la elaboración del petróleo
Hace del hombre una bestia
llena de rencor y de odio.

Otras fuentes de energía
se pueden utilizar,
no le interesa al hombre
si pocos emolumentos ha de dar.

Otras fuentes de energía
nos mantienen la esperanza,
pues podemos utilizar
el alcohol, el aire, el sol y el agua.

Danos, Señor, un buen ejemplo,
envía tu ira al hombre,
así dejará de pretender
ser como Tú entonces.

Aún hay tiempo de buscar,
de subsanar este entuerto,
antes de que sea tarde
y todo el mundo haya muerto.

El agua

No se puede negar
que eres la esencia de la vida,
ya que tu primera letra
es la que nos sustenta y señala la partida.

Con el roce sutil del aire
se estremece y tiembla todo tu entorno,
como cobrando vida
nos enseñas que toda tú eres fiel
y me conformo con tenerte,
agua mía,
suave al tacto,
nada se compara con tu sabor.

Refrescas y sanas al enfermo,
cuando se te calienta le das vida y calor.
Divina realidad, cobras vida,
eres naturaleza,
por eso se maravilla el pintor
en cada fresco al retratarte en su maqueta.

Dios supo equilibrar en ti el ciclo de vida:
con el ardiente sol te vaporizas
y con la ligereza te elevas al cielo
para que formes cúmulos y vuelves hecha gota
divina.

Qué tenue es tu sentimiento,
cuánto se disfruta al tenerte,
cuánta falta haces al hombre,

a los animales y a las plantas,
a todo ser viviente.

Gracias hemos de darte por ser pródiga y divina,
por saciarnos la sed y sustentarnos la frágil vida.

Gracias al divino Dios,
a ti madre naturaleza,
al magnánimo sol, el aire y la bendita tierra.

La sembradora

Entre matas y entre flores,
la vida te la has pasado,
prodigando tiernos amores,
sembrando primores con tus bellas manos.

Tú siempre quisiste tener un tarrito,
una tierra y unas flores,
para sembrar con pasión y buen fin
un jardín lleno de amores.

Tus manos son portento,
ahora digo, son prodigio,
porque con ellas han salido
los más bellos de los lirios.

Y tú siembras y siembras y siembras
y no dejas de sembrar,
buscando además en cada siembra
la satisfacción que la siembra da,
la satisfacción de amar.

Canto de lluvia

Después de seis meses un día,
fue un lunes del mes de mayo,
anuncia un tremendo rayo
el esperado fin de la sequía.

Se oye la voz del pueblo que clama:
"A sacar los aperos de labranza,
que ha sonado el gran clarín,
el trueno de la buena esperanza
que a la sequía ha dado fin."

Vamos a surcar la bendita tierra
y a hincar la buena semilla,
debemos cuidarla por siempre
porque abonarle es la consigna.

Eliminemos las incómodas malezas
para recoger la buena cosecha.
Démosle gracias al creador Dios,
a la madre tierra y a la gran naturaleza.

Sediento – Cotuí 1996

Por uno de tantos campos me paseaba,
cuando de improviso me topé
con un pequeño arroyito y le dije:
¡Arroyito, por favor dame un poco de agua!

Entonces él presto me contestó:
Amigo, ya te quisiera complacer,
pero esto no te lo recomiendo,
está contaminada desde hace algún tiempo.

Así como me ves,
como un hilo de plata,
antes yo tenía mucho caudal,
pero hoy ya no sirvo para dar.

Comencé a padecer dolido
cuando al hombre se le ocurrió
limpiar mi cauce, de matojos, árboles y nidales
que malogró a su antojo.

¿Crees tú, amigo, que puedas resistir
cuando altivos te secan para riego,
impertérritos te echan pesticidas
y para colmo no cae agua del cielo?

Ahora nada más te digo,
búscate otra buena fuente de agua,

no te quiero envenenar,
que no lo permita Dios.

Entonces yo, cabizbajo y sediento,
me alejé pensando en ese arroyito
que un día dijo que fue el caudal más bonito.

Trueno, solo eso.

Oí que ruges, necio y pertinaz,
que te atreves a chocar las nubes,
haciendo vibrar de miedo
al cielo, las montañas y los corazones.

Huyen las alimañas a esconderse,
los pájaros se vuelven a anidar,
vuelan raudas a proteger al amor de sus entrañas
ante la premonición y la amenaza.

La esperanza de que habrá agua corriente
aviva los corazones del humano,
y fue apagándose tu rumor,
provocando tristeza y pavor.

Y eso fuiste tú,
solo rumor, trueno, dolor y luz,
como el bocón sempiterno
que ruge como león
y te duermes luego como hace el lirón.

Creaste tanta algarabía,
tanta bulla en el bendito cielo,
y no cae una gota de agua
como fue de las gentes su más caro anhelo.

Dime tú, fantoche descarado,
¿acaso viniste prepotente solo a asustar a las gentes,

a deslumbrar con tus rayos, tronando
como un buen indecente?

Ahora apenado te vas,
enconado y displicente,
ya calladito y a lo lejos se te oye gemir,
porque ya no eres tan fiero como te creíste,
pendejo.

Escrito puño y letra de Roberto Bolívar Domínguez Hernández

Papel

¿Para qué sirve este papel?
¡Bueno, para escribir disparates!
Aprovechar que es fiel, no como otros contrastes.

Suyo es su parecer, porque cuando permite
que escriba disparates en su bella cara,
alguna razón tendrá de no cobrar nada.

Es así como en el mundo
se recobra un poco de paz,
porque aún existen personas
que piensan bien por los demás.

A ti que me leíste, te
recomiendo imitar al que disparates escribe,
para que tú también puedas ganar.

Roberto Bolívar Domínguez Hernández

Roberto Bolívar Domínguez Hernández

No existe un día más hermoso que el día de hoy

La suma de muchísimos ayeres forma mi pasado.

Mi pasado se compone de recuerdos alegres,
tristes; algunos están fotografiados
y ahora son cartulinas donde me veo pequeño,
donde mis padres siguen siendo recién casados,
donde mi ciudad parece otra.

El día de ayer pudo haber sido un hermoso día,
pero no puedo avanzar mirando constantemente
hacia atrás. Corro el riesgo de no ver los rostros
de los que marchan a mi lado.

Acaso el día de mañana amanezca aún más
hermoso, pero no puedo avanzar mirando
solo el horizonte. Corro el riesgo de no ver el
paisaje que se abre a mi alrededor.

Por eso, yo prefiero el día de hoy.

Me gusta pisarlo con fuerza,
gozar de su sol o estremecerme con su frío,
sentir como cada instante me dice ¡presente!
Sé que es muy breve, que pronto pasará,
que no podré modificarlo luego ni pasarlo
en limpio.

Tampoco puedo planificar demasiado
el día de mañana: es un lugar que aún no existe.
Mañana seré.

Hoy soy

Por eso, hoy te digo que te quiero,
hoy te escucho, hoy te pido disculpas
por mis errores, hoy te ayudo,
hoy comparto lo que tengo,
hoy me abro a ti
sin guardarme ninguna palabra para mañana.

Porque hoy respiro, transpiro, veo, pienso,
oigo, sufro, huelo, lloro,
trabajo, toco, río, amo... hoy.

En la foto de arriba de izquierda a derecha:
Roberto Bolívar Domínguez Hernández,
Roberto Nemesio Domínguez Díaz y Franklin Domínguez.

En la foto de bajo De izquierda a derecha: Carlos Felipe Domínguez Díaz,
Roberto Nemesio Domínguez Díaz, Roberto Bolívar Domínguez Hernández,
Diego Bolívar Domínguez Díaz y José Ernesto Domínguez Díaz.

De izquierda a derecha: Carlos Felipe Domínguez Díaz, José Ernesto Domínguez Díaz, Josefa María Díaz, Roberto Bolívar Domínguez Hernández, Glenys M. Bisonó, Diego Bolívar Domínguez Díaz y Roberto Nemesio Domínguez Díaz.

Biografía

Nació en Santiago de los Caballeros, un 26 de agosto de 1932. Es el noveno hijo de Don Nemesio María Domínguez Rojas y Doña Ana Sofía Hernández Peña. El Yaqué del Norte despertaba acariciando la "Ciudad Corazón", dando bienvenida a la vida de "Cucurú", para retozar por la vital y romántica Calle El Sol de Santiago. La familia Domínguez Hernández se trasladó a Santo Domingo en la calle Arzobispo Meriño de la Ciudad Colonial y, desde temprana edad, a Cucurú le atrajo el canto y el deporte. Estudió su bachillerato en la Escuela Paraguay y La Salle. Formó parte del Coro Nacional en los años 50' y del Magisterio como profesor de Educación Física y estudios de Contabilidad.

Contrajo matrimonio con Josefa María Díaz Collado el 27 de diciembre de 1956. Concibieron cuatro hijos varones: Roberto Nemecio Domínguez Díaz, Diego Bolívar Domínguez Díaz, José Ernesto Domínguez Díaz, Carlos Felipe Domínguez Díaz y a su hija de crianza Glenys M. Bisonó. Luego de impartir docencia en la Normal y en San Cristóbal, le fue encomendada una misión en la Provincia Juan Sánchez Ramírez.

En Cotuí, presentó por primera vez el desfile de "Sincronización Deportiva", una exhibición que combina el deporte con la gimnasia rítmica y juegos de competencias populares. Estas se realizaban en los patios de los centros educativos y el parque Duarte de Cotuí. Marchaban por las calles del pueblo y regresaban a su recinto educativo. A raíz de este éxito, lo designan como profesor de Educación Física en la Escuela Primaria Juan Sánchez Ramírez, convirtiéndose en pionero de llevar el deporte olímpico y formar a generaciones en diferentes disciplinas que siguen transmitiendo su legado. Cucurú se relacionó con la Iglesia, la Logia, los clubes sociales, deportivos y culturales, la Gobernación y el Ayuntamiento, los Scouts y comunidades campesinas de la región, participando en actividades y misiones puntuales para el desarrollo de la provincia.

Su pasión por el crucigrama alimentó su oficio de escritura, la poesía, el cuento y un oficio de intelectualidad autodidacta con una narrativa de estilo propio. Creó por un tiempo crucigramas para el periódico La Información de Santiago. Coleccionaba monedas antiguas y sellos para cartas de diferentes países, convirtiéndolo en un filatelista apasionado. Buscador de las famosas "caritas de indio" en suelo cotuisano, creó un pequeño museo de piezas arqueológicas nativas en la Escuela Primaria y rescató las canchas de baloncesto y voleibol en un corto período en que fungió como director de la misma.

Laboró como contable en la mina La Rosario Dominicana y en la Compañía Nacional de Refrescos Coca-Cola. Ha sido laureado y ha ganado premios como tenor contralto. Ha sido reconocido por las instituciones mencionadas.

Ha recibido los siguientes reconocimientos:

1er lugar Concurso de Canto, Nosotros a las 8
Ganador de primer lugar en el Concurso de canto en el programa de Freddy Beras Goico y Yaqui Núñez del Risco.
Santo Domingo, 1984.

Liga de Baloncesto de Cotuí
Reconocimiento como profesor ejemplar y propulsor del baloncesto en la Prov. Sánchez Ramírez.
Cotuí, 4 de abril de 1996.

Presidencia de la República Dominicana
- Consejo Nacional de Drogas
Certificado por el Seminario-Taller "Prevención en el Uso Indebido de Drogas".
Cotuí, 7 de noviembre de 1999.

Resp. Logia "Amor y Fraternidad" N.º 44, Cotuí
Placa de Reconocimiento por ser el Hermano más entregado en el quehacer de la Logia.
Cotuí, 30 de junio.

Club Deportivo, Recreativo y Cultural "5 de Octubre"
Reconocimiento por su encomiable labor en favor del fortalecimiento institucional de esta organización.
Cotuí, 7 de octubre de 2001.

Bienvenido Lázala, Síndico Municipal
Reconocimiento por su colaboración durante la Gestión Municipal 1998-2002.
Cotuí, 15 de agosto de 2002.

Asociación Dominicana de Profesores de Educación Física

Alto Honor por sus aportes, entrega y dedicación en educación física del país.

Santo Domingo, D.N., 20 de diciembre de 2003

Reconocimiento por su ardua labor y dedicación en el progreso del aprendizaje.

Cortesía de Lic. Esperanza de Camps, Cotuí, 29 de julio de 2005.

Club 5 de Octubre, Miembro Fundador

Reconocimiento por sus grandes aportes y apoyo durante 35 años al Club y por ser un ejemplo para seguir.

Cotuí, 5 de octubre de 2006.

Distrito Educativo de Cotuí

Reconocimiento por su entrega y dedicación a favor de la clase magisterial de Educación Física y por ser un ejemplo para seguir.

Cotuí, 7 de mayo de 2013.

Amicitia, Amor et Veritas, Respetable Logia Amor y Fraternidad N.º 44

Reconocimiento por su destacado desempeño durante tantos años en esta Logia.

*Esta edición de Las añoranzas de Cucurú,
consta de una tirada de 100 ejemplares y se terminó de imprimir
en el mes de julio de 2024, en República Dominicana.*

Made in the USA
Columbia, SC
03 August 2024

07de618e-8435-426c-baa9-3526ab862033R01